Mi PAPA

By

ADILIO PABLO CRUZ

DEDICATION

Querido Papi, esta publicacion de tu libro es para que sepas que siempre estaras en mi corazon y pensamientos. Que yo soy lo que soy por todo lo que tu me alludaste y todo tu Amor.

Mis mejores memorias de nina son contigo. Este es el resultado de tu Arte y talento, todos ahora lo entendemos, perdonanos por no aberlo visto antes de que nos dejaras. Estoy muy Orgullosa, te quiro Papi!.

TABLE OF CONTENTS

MI BISNIETA

Hoy Yo Me Siento Contento
Y Estoy Lleno De Alegría.
Dios Me Ha Dado Un Regalito
Que Alegro La Vida Mía.

Dios, A Mí Me Regalo
Me Regaló Un Angelito
Que Es Como La Luz Del Día.
Ese Angelito Se Llama

Isabel Rosa García.
Isabel Rosa García
Es La Niña Mas Bella
Es Más Linda Que Una Estrella

Ella Es La Niña Mía
Isabel Rosa García
Ella Me Llenó De Amor
Ella Es Parte De Mí Vida

Adilio Pablo Cruz

Ella Está En Mi Corazón
Amí Dios Me Regalo

Me Regaló Un Angelito
Que Lo Cuido Noche Y Día

Ese Angelito Se Llama
Isabel Rosa García.
Si Quieren Saber Quien Es
Ella Es La Bisnieta Mía.

A MI NIETA ADORADA

Yo A Ti Te Tengo Cariño

Y Te Tengo Mucho Afecto

Tú Me Diste Dos Niños

Que Tengo En El Corazón

Yo A Ti Te Tengo Respeto

Y Te Tengo Admiración

Tú Nos Diste Dos Bendiciones

Que Son Nuestra Adoración

MI NIETO

Mi Nieto En La Adolescencia
De Su Señora Se Enamoro.
Tenía Una Rosa En La Mano
Y Yo A Él Le Pregunté:

Para Quién Es Esa Rosa?
Y Él A Mí Me Contestó:
Para La Mujer Que Quiero,
La Mujer Que Amo Yo.

Yo Adoro Mucho A Mi Nieto
Porque Es Un Hombre Cabal
Que Ama Mucho A Su Esposa
Y Ella A Él Lo Ama Igual

Yo Quería Mucho A Mis Hijos
Los Quiero Con Gran Pasión
Pero A Mi Nieto Lo Tengo
Muy Dentro Del Corazón

MI VECINA

Mi Mujer Me Dijo A Mí

No Juegues Con La Vecina

Porque Tú Eres La Candela Y Ella Para Ti Es Gasolina

Yo Juego Con Mi Vecina

Porque Ella Es Mujer

Que Si Pa Mi Es Gasolina,

Yo A Ella La Quiero Encender

Cuando Estoy Con Mi Mujer

La Vida A Mí Se Me Amarga

Pero Pienso En La Vecina

La Vecina Es Mi Viagra.

Antes Al Hacer El Amor

Con Mi Mujer No Podía

Ahora Pienso En La Vecina

Y Hago El Amor Todos Los Días

Mi Mujer Está Contenta

Y Se Siente Agradecida

Pero Lo Que Ella No Sabe

Que Lo Debe A Su Vecina

Mi Vecina Es Una Mujer

Que Tengo Yo En Un Altar

Pues Salvó Mi Matrimonio

Y La Tengo Que Adorar

Y Con Esta Me Despido

Cantando Mi Fantasía

Que Me Atormenta De Noche

Y Me Atormenta De Día

LA BELLA MUCHACHITA

Por La Calle Caminando

Ví A Una Bella Muchachita

Que A Todo El Mundo Enseñaba

Una Linda Barriguita

Hay Hay Hay, Hay Que Bella Muchachita

Mientras Mas Yo A Ella La Miro

Yo La Veo Mas Bonita

Cuando Pasa Por Mi Lado

Ella Se Sonríe Conmigo

Porque Yo Le Estoy Mirando

Un Arete En El Ombligo

Hay Hay Hay, Hay Que Bella Muchachita

Mientras Mas Yo A Ella La Miro

Yo La Veo Mas Bonita

Luego Me Pregunta A Mí

Si Me Gusta Su Ombliguito

Y Yo Le Contesto ¡Sí!

Nunca Lo Vi Tan Bonito

Hay Hay Hay Hay Que Bella Muchachita

Mientras Mas Yo A Ella La Miro

Yo La Veo Mas Bonita

Ella Usa Pantalones

Pues No Le Gustan Las Faldas

Y También Tiene Un Tatuaje

Dónde Termina Su Espalda

Hay Hay Hay

EL CINTURÓN

Para Ser Un Buen Choffer
Necesita Una Razón
Que Aquel Que Monte En Su Carro
Se Abroche El Cinturón.

El Cinturón Lo Protege
Siempre ira Protegido
Por Eso Cuando Manejo
Del Cinturon No Me Olvido

Y Si Van A Manejar
Sean Personas Precavidas
Abróchense El Cinturón
Y Así Proteje Su Vida

Y Si Acaso Lleva Un Niño
Siéntelo En La Parte De Atras A
bróchele El Cinturón
Y Así Lo Protegerá

La Policía Me Dijo
No Anden Sin Cinturón

Porque Eso No Les Resulta

Porque Si No Se Lo Ponen

Le Vamos A Poner La Multa

MI MIAMI

Miami Tierra Del Sol

Con Sus Playas Y Palmeras

Te Brinda Su Vida Entera

Y Te Abre Su Corazón

Esto Es Miami Señores

Vénganse A Divertir

Que Después Que Lo Conozcan

De Aquí No Se Quieren Ir

Y Si Va A La Calle 8

Hágalo Usted Caminando

Y Verá Que En Una Esquina

Domino Están Jugando

Esto Es Miami Señores

Cuando Llegan Los Turistas

Se Vienen A Divertir

Se Pasan Los 15 Días

Luego No Se Quieren Ir

Miami Tierra Del Sol

Pueblo De La Florida

Aquí Se Goza Mejor

Aquí Se Vive La Vida

LA REINA DE CUBA

Cuando Celia Cruz Murió
Sentí Yo Un Dolor Profundo
Pensando Que Se Marchaba
La Guarachera Del Mundo

Pero Yo Me Equivoqué,
Celia Cruz Nunca Murió
Celia Nunca Morirá,
Está En Nuestros Corazones
Y Allí Siempre Vivirá

Celia Una Gloria De Cuba
Celia Era Todo Bondad
Y Aquel Que La Conoció
Siempre La Recordará

Cuando A La Gloria Llegó
Celia Se Puso A Cantar
Y Un Quinteto A Resonar
Las Nota De Un Guaguanco

Ya En La Gloria Celia Está

Ya La Recibió Jesús

Y En La Tierra Rezaremos

Para Que Descanse En Paz

Nuestra Hermana Celia Cruz

Alabado Sea El Señor

Alabado Sea Jesús

Que En La Gloria

Están Cuidando

A Nuestra Reina

Celia Cruz.

EL ABANDONO

Mis Ojos Se Me Secaron

Ya No Hay Lágrimas En Mis Ojos

Porque Alguien Les Hecho Tierra

Y Ahora Mi Vida Es Un Río,

Que Lo Han Llenado De Piedra

Mi Río Se Me Secó

Mis Aguas Las Abandonaron

Y Ahora Muy Triste Estoy Yo

Sentado En Un Rincón

Esperando Por Mis Aguas

Que Me Han Roto El Corazón

Mi Río Se Me Secó

Se Ha Quedado Sin Caudal

Y Yo Sigo Esperando

¡Ver Mis Aguas Regresar!

Hay Que Triste Es Mi Vida

Siento En Mi Pecho Un Dolor

Porque Traigo El Alma Herida

Y Roto Mi Corazon.

Mis Ojos Se Me Secaron

Me Los Dejaron Vacíos

Ya No Hay Lagrimas En Mi Ojos

Ni Agua Tiene Mi Río.

CUBANO

Yo Soy Cubano Y Naci

En El Barrio Jicotea

Con Una Carita Fea

Pero Un Corazón Feliz

Yo Soy Cubano Nací

En Tierra Camaguellana

Donde Crese La Sabana

Donde Se Anida El Totí

Donde Zumba El Colibrí

Entre Los Palos Del Monte

Soy Hijo De

Tierra De Ignacio Agramonte

Y Yo De Cuba Me Fui

Porque Cuba Hera Un Sunami

Y Ahora Vivo Muy Feliz

Porque Vivo Aquí En Miami

MI PLANETA

Los Científicos Han Dicho
Una Noticia Que Aterra
Que El Espacio Tiene Un Hueco
Que Va A Destruir La Tierra

Pero Que Bella Es Mi Tierra
Con Su Ruido Y Con Su Bulla
Y Teniendo Que Cuidarla
Para Que No Se Destruya Ella

El Espacio Está Rezando
La Luna Está Sufriendo
Las Estrellas Están Llorando
Y El Sol Se Nos Va Corriendo

Pues Que Bella Es Mi Tierra
Con Su Cielo Azul De Bóveda
Con Su Ruido Y Con Su Bulla
Y Tenemos Que Cuidarla
Para Que No Se Destruya

Y Nosotros Los Terrestres

A Dios Le Devemos Resar

Que La Tierra Permanezca

En El Sistema Solar.

Adilio Pablo Cruz

QUE TRISTE ES LLEGAR A BIEJO

Ya Me Llegó La Vejez
Y Ahora Me Pongo A Pensar!
Si Los Seres Que Más Quiero!
Me Llegan A Abandonar!

Qué Triste Es Llegar A Viejo
Se Dificulta El Andar
Necesitamos Bastón,
Para Poder Caminar.

Qué Triste Es Llegar A Viejo
Sin Cariño, Sin Amor.
Y Estar En Un Cuarto Encerrado
Muriéndose En Un Sillón.

Que Triste Es Llegar A Viejo
Que Cuando Llega La Noche
Y Se Acuesta En Su Cama
Le Reza A Un Crucifijo
Y Llorando A Dios Le Pide
Volver A Ver A Sus Hijos

Qué Triste Es Llegar A Viejo
Y Sentirce Abandono
Teniendo Tanta Familia
Y No Tenerla A Su Lado

Qué Triste Es Llegar A Viejo
Cansado De Tanto Sufrir Y
Estar Rogándole A Dios
Que Ya Lo Dejen Morir

NUESTRA NACIÓN

Latino Den Me La Mano

Por Qué Debemos De Unirnos

Y Luchar Contra Hermanos

Y Acabar El Terrorismo

Esto No Se Aguanta Más

Y A Todos Nos Desespera

Hay Que Llevarlo Hasta El Fin

Y Acabar Con Al-Qaeda

Como Isimos con Hussein

Mi País Sufriendo Está

Tierra Que Me Vio Nacer,

También Vamos Acabar

El Legado De Fidel

Israel Y Palestina

Por Que No Se Reconcilian

Y Podran Vivir En Paz

Como Una Gran Familia

Todos Queremos La Paz Y
Queremos Divertirnos
Sin Una Amenaza Más
Del Maldito Terrorismo

Y Así Podremos Cantar
Por Lo Alto Y Con Muchas Ganas
Y Junto Defenderemos
La Nacion Estados Unidos

MI JARDIN DE ROSAS

Me Encontraba Yo Acostado

Junto A Mi Companera

Me Encontraba bien Dormido

Y Entonces Empecé A Sonar

Y En El Sueno Recordaba

El Dia Enque Nos Conocimos

Recorde Mi Juventud Que Fue

Triste Penumbrosa

Que Parecia Un Jardin

Que Le Faltaban Las Rosas

Pero Dios Me Alumbro

Y Un Jardin Yo Me Encontre

Que Estaba Lleno De Rosa

Y Una De Ellas Yo Corte

Y La Lleve Para Mi Casa

En Mi Casa La Plante

Y De Tanto Yo Cuidarla

De Ella Yo Me Enamore

Mi PAPA

Hera La Rosa Mas Bella
Que Del Jardin Yo Corte
Y Pronto Empese A Quererla
Que Con Ella Me Case

Ya Yo Llevo Muchos Anos
Con Mi Rosa Yo Casado
Y No Estoy Arrepentido
Porque Gracias A Mi Rosa

Hoy Mi Jardin A Cresido
Gracias Yo Le Doy A Dios
Cada Dia En La Manana
Porque Yo Al Abrir Mis Ojos
Veo Mi Rosa En Mi Cama

Santa Barbara Bendita
Tu Que Eres Tan Poderosa
Olle El Ruego De Tu Hijo
Que Te Pide Le Cuides
Su Jardin Lleno De Rosa